AF200985

STADT ESSEN | **KULTUR**AMT

Dieses Buch wurde ermöglicht
durch eine Förderung des
Kulturamts der Stadt Essen.

Sonja Müller-Späth studierte Modedesigner in Mannheim sowie Illustration und Kommunikation in Münster. Sie arbeitet als freiberufliche Illustratorin für Agenturen, Zeitschriften und Verlage. Auf dem Papier provoziert sie gerne unberechenbare Fehler und ist immer auf der Suche nach glücklichen Zufällen. Denn oft sind es diese kleinen Makel, die unsere Augen faszinieren und den Bildern ihren ganz eigenen Ausdruck verleihen.
www.muellerspaeth.com

Sam Greb, der Gemahl der Unvernunft und Chronist des Exzesses, schreibt fiebrige Tatsachenberichte und surreale Fantasien über die Fieberwelt. Seine Texte sind Liebeserklärungen an das Desolate und an die Hoffnung. Doch Sam Greb spricht nicht. Es ist sein treuer Begleiter, der den Erzählungen Leben einhaucht und die Zuhörer in die Fieberwelt entführt. Seit 2013 reisen die beiden Vagabunden umher, um von der Fieberwelt zu erzählen. Ihre Reisen führten sie zu Festivals, auf ansagte Kulturveranstaltungen und in verrauchte Kneipen.

Nach sechs Hörbüchern erscheint mit der romantischen Novelle NADELN AUS RUß das erste Buch aus der Fieberwelt.
www.fieberwelt.de

SAM GREB

NADELN AUS RUß

EINE ROMANTISCHE NOVELLE
AUS DER FIEBERWELT

Impressum

Michael Masberg
Rellinghauser Straße 131
45128 Essen
www.michael-masberg.de
www.fieberwelt.de

Bibliografische Information der Deutschen Nationalbibliothek:
Die Deutsche Nationalbibliothek verzeichnet diese Publikation in
der Deutschen Nationalbibliografie; detaillierte bibliografische
Daten sind im Internet über http://dnb.d-nb.de abrufbar.

Titelbild: © 2020 Sonja Müller-Späth

Umschlagdesign: Christoph Höhne
Satz & Layout: Michael Masberg
Lektorat: Isabelle Rondinone

Gefördert durch das Kulturamt der Stadt Essen.

1. Auflage 2020
Copyright © 2020 by Michael Masberg
Alle Rechte vorbehalten.

Herstellung und Verlag:
BoD – Books on Demand, Norderstedt

ISBN
978-3-7504-9649-1

Widmung

Für den Vorleser.

Inhalt

Tritt ein
in das Fieber

Du sitzt in der Behaglichkeit zwischen den Zeiten aufsteigender und abebbender Exzesse. Die Silberfische in deiner Börse haben sich fast gänzlich verschlungen, doch du weißt, wo der Teich ist, aus dem du neue fischen kannst.

Der Kokon des Tages behütet dich, und von ihm beschirmt gleitest du der Nacht entgegen, deren Verheißungen Sehnsüchte in dein Herz säen. Sehnsüchte nach flüchtigen Begegnungen, nach tänzelnden Fingern und nach den herrlichen Lügen der Sorglosigkeit. Du denkst an den aufziehenden Tag nach einer durchtanzten Nacht und schmeckst auf deinen Lippen das besondere Aroma eines frischgeborenen Morgens.

Du füllst deine Lungen mit Rauch und deinen Kopf mit Rubintränen. Du tanzt mit leuchtenden Käfern und Gestalten aus Rauch und lachst über die feine Ironie frühreifer Seelen. Du trägst Kleider aus den abgeworfenen Flügeln von Schmetterlingen, die sich wieder in Raupen verwandelt haben. Du wanderst durch vergessene Wälder, die depressiven Häusern gewichen sind, und durch neblige Pilzgärten. Du schwimmst mit den Leuchtfischen zwischen den erstarrten Tränen der Nacht und entzündest mit ihnen das Feuer des Rausches in den Herzen der Betäubten. Und in dem Schatten, das ihr Lachen wirft, findest du einen Platz, um dich auszuruhen, bevor du dich wieder dem Reigen der Alltäglichen anschließt, die für jene tanzen, die schon immer da waren.

Es gibt Verpflichtungen und Vergessen, und irgendwo dazwischen befindest du dich.

Dies hier ist deine Geschichte. Du musst dir keine Sorgen machen. Außer, dass jemand anderes sie schreibt.

Nadeln aus Ruß

Eine romantische Novelle
aus der Fieberwelt

In einer Ecke des Hofes kämpfte eine mechanische Krähe mit einem Mischling, dessen Vater eine Kakerlake und dessen Mutter eine Ratte gewesen sein dürften – oder umgekehrt. Auf die Entfernung war es schwer zu sagen. Sie stritten sich um ein Auge, waren jedoch so in ihre Auseinandersetzung vertieft, dass sie nicht merkten, wie eine Zwerghyäne unter einem Stapel modriger Kisten hervorkroch, das Auge stibitzte und sich damit davonstahl.

Ich saß mit Fleckenfresse auf der Laderampe und teilte mir mit ihm einen Joint. Es war im letzten Frühling, der keiner war. Zu dieser Zeit arbeitete ich als Schlepper für Mortuis Restekammer. Das war, bevor mein Leben sich veränderte. Vor dem Untergrund, als es für mich noch Jahreszeiten gab. Fleckenfresse und die anderen waren noch am Leben, und ich trieb glücklich zwischen trägen Tagen und exzessiven Nächten dahin. Aber ich will nicht vorgreifen.

Mortui handelte mit allem, was sich irgendwie zu Silberfischen umsetzen ließ. Etwa mit gebrauchten Atomarmbanduhren – wissen die Wälder, wie er daran gekommen war.

Sie waren eine Zeit lang der letzte Schrei gewesen, bis sich herausgestellt hatte, dass die Bleiummantlung zu dünn war, um die Strahlung vollständig abzuschirmen. Sie drang durch das Handgelenk ins Knochenmark und zersetzte es mit Krebs. Die Glücklichen hatte man retten können, indem man ihnen den Arm amputierte. Dennoch lief der Restposten an Atomarmbanduhren gut, und Mortui machte mit ihnen kein schlechtes Geschäft. Was nicht hieß, dass er anständig oder gar pünktlich zahlte. Aber einen anderen Job hatte ich nicht.

Die mechanische Krähe gewann den Kampf. Sie riss der Kakerlakenratte den Kopf ab und flog mit dem Rest des Körpers in den Bronzekrallen davon.

Haste mal Kadaverpilze geschmissen?, fragte Fleckenfresse. Junge, das ist'n Trip. Ist, als würdest du dir dabei zusehen, wie du dich selbst ausscheißt.

Klingt gut, sagte ich und reichte ihm den Joint.

Ich hörte ihm nicht wirklich zu. Das eignete man sich an, wenn man mit ihm befreundet war. Fleckenfresse war mit Abstand die abstoßendste Erscheinung, der ich je begegnet war. Sein Gesicht sah aus, als hätte es ein verrückter Weißkittel auf dem fürchterlichsten Trip seines Lebens aus den Häuten verschiedener Ethnien – und vielleicht auch einiger Tiere – wahllos zusammengenäht. Und es war noch das Erträglichste an seinem Anblick. Aber er war in Ordnung. Man durfte ihm nur nicht länger zuhören.

Mit lautem Getöse fuhr der dampfbetriebene Kastenwagen in den Hof. Mortui kam mit neuer Ware für seine Restekammer. Ich gab Fleckenfresse ein Zeichen, den Joint verschwinden zu lassen. Da er nichts davon hielt, Drogen gleich welcher Art einfach wegzuwerfen, rauchte er ihn mit einem tiefen Zug bis zum Ende weg.

Der Dampfwagen hielt an der Rampe, und Mortui zwängte sich aus dem winzigen Führerhaus. Da er fett wie ein gichtiger Ochse war, brauchte er dafür geschlagene fünf Minuten, zumal sich eine seiner zahllosen Goldketten am Schaltknüppel verfangen hatte.

Mortui war ein Kastrat aus Medevian, der jedem eine andere Geschichte erzählte, wie er seine Eier verloren hatte. Mal war er als Findelkind in einem Harem narkotischer Zwangsprostituierter aufgewachsen, mal hatte ihm die Kugel eines feindlichen Soldaten in einem Krieg, zu dessen Zeit er noch gar nicht auf der Welt gewesen sein konnte, die Hoden weggeblasen. Alles an ihm erinnerte an einen fetten Pfannkuchen, dem jemand eine ölige Perücke aufgesetzt hatte, um ihn dann in ein Korsett aus Lederimitat und falschen Goldketten zu quetschen.

Ausladen, ihr faulen Junkies!, rief er mit seiner Piepsstimme. In einer Stunde steht das Teil poliert im Laden, sonst setzt es die Peitsche.

Der Lohn von letzter Woche steht noch aus, sagte ich, während ich bereits zum Wagen trottete.

Was will er?

Seine Knopfaugen funkelten mich so wild an, dass ich erwartete, im nächsten Moment Rauch aus seinen Nüstern aufsteigen zu sehen.

Nichts, sagte ich. Mortui watschelte davon.

Mutig war's, Junge, mutig. Aber sieh's ein: Dieser medevianische Luftwichser hat unsere Eier fest im Griff. Weil er selbst keine hat.

Fleckenfresse lachte in Zeitlupe, so breit war er. Er würde mir beim Ausladen keine große Hilfe sein.

Ich öffnete die Ladeluke und besah mir die Ware. Als mein Blick in das Innere fiel, hätte ich am liebsten zuerst Mortui, dann Fleckenfresse und anschließend mich erschossen. Ich hatte wie üblich allerlei Kisten voller Plunder erwartet – blutbefleckte Clownskostüme mit Einschusslöchern, geschmorte Krakenarme jenseits des Verfallsdatum, schimmlige Bücher vergessener Autoren und was Mortui sonst so anzuschleppen pflegte. Doch auf der Ladefläche stand nur ein einziger Gegenstand: ein massiver Messingflügel.

Fleckenfresse stand plötzlich neben mir.

Junge, das Teil kriegen wir nie bewegt.

Müssen wir aber, sagte ich. Oder Mortui sorgt eigenhändig dafür, dass wir Mitglieder in seinem Kastratenchor werden.

Ich kletterte in das Innere des Wagens und besah mir den Flügel genauer.

Vielleicht können wir was ausbauen und drinnen wieder einsetzen.

Haste das schonmal gemacht?

Nein, aber so schwer kann es nicht sein. Dem Eunuchen wird es egal sein. Wenn wir was falsch machen, denkt er sich eben eine Geschichte dazu aus. Seine Kunden werden es schlucken.

Das war Mortuis großes Talent. Er bot nicht bloß alles an – er konnte es auch verkaufen.

Der Flügel ließ sich nicht öffnen. Nach kurzem Suchen entdeckte ich einen Sicherungshebel und schob ihn zur Seite. Ich hob den Deckel an – und ließ ihn gleich darauf erschrocken fallen.

Was ist?, fragte Fleckenfresse, der sich in seinem dritten Anlauf befand, in den Kastenwagen zu klettern.

Da liegt jemand drin.

Er lachte wieder, sah dann jedoch, dass ich keinen Scherz gemacht hatte. Endlich schaffte er es in das Innere.

Zeig mal!

Gemeinsam hoben wir den Deckel an. Das schummrige Licht des falschen Frühlings fiel nur unzureichend in das Innere. Fleckenfresse kramte sein Feuerzeug hervor und entzündete es. Sein nervös zuckender Schein zeigte uns ein Mädchen oder eine junge Frau – ihr Alter ließ sich schwer schätzen. Sie hatte sich in die Klaviersaiten gewickelt und sich anscheinend mit ihnen stranguliert.

Junge, da hat der Luftwichser aber wirklich 'nen Fang gemacht.

Ich glaube nicht, dass er von ihr weiß.

Sie war wunderschön. Und zart wie eine vor ihrer Zeit erknospete Frühlingsblume, die ein überraschender Kälteeinbruch konserviert hatte. Das Haar war gelb wie die Flügel der Sonnenkäfer und schimmerte ebenso matt. Wären da nicht die mit geronnenem Blut verklebten Klaviersaiten gewesen, die sich tief in das weiße Fleisch ihres Halses geschnitten hatten, hätte man meinen können, sie würde schlafen. Sie war nicht die erste Leiche, die ich in meinem Leben sah, aber sie war die schönste.

Etwas an ihrem Anblick wühlte mich auf. Es war, als würde ich sie schon mein ganzes Leben kennen, nur hätte ich es bis zu diesem Augenblick nicht gewusst.

Hilf mir, sie da rauszuholen.

Was haste vor?

Mortui hat einen Flügel ergaunert – er bekommt einen Flügel. Sie bekommt er nicht.

Ah, ich verstehe, sagte Fleckenfresse, obwohl er es nicht tat. Du willst ihre Organe auf dem Wandernden Markt verschachern, was, Junge? Der medevianische Geizhals schuldet uns genug Kohle, zahlen wir's ihm heim. Was ist, willste noch drüberrutschen, bevor du ihren Kadaver ausnimmst?

Ohne Vorwarnung schlug ich ihm in seine widerliche Gesichtscollage.

Halt einfach mal dein Maul.

Fleckenfresse murmelte etwas Unverständliches, doch er fügte sich. Er war es gewohnt, dass andere Leute ihn schlugen. Es machte ihm nichts aus.

Wir zogen uns Handschuhe an und wickelten den Körper des Mädchens behutsam aus den Klaviersaiten. Die fremdvertraute Leiche war klein und zierlich. Sie trug ein leichtes Wollkleid von der Farbe getrocknetes Rotweins. Als wir sie anhoben, verrutschte das Kleid und entblößte ihre linke Brust. Auf der schneeweißen Haut sah ich ein kleines Loch, direkt über dem Herzen. Bevor Fleckenfresse etwas sehen konnte, schob ich das Kleid zurück und bedeckte die Stelle.

Wir legten sie auf den Boden der Ladefläche ab. Erst da fiel mir auf, dass ihre rechte Hand etwas festhielt. Ich kniete mich nieder und entnahm es ihren kalten Fingern. Es sah aus wie eine Stricknadel aus versteinertem Holz mit einem mondsilbernen Kopf.

Wieder hatte ich ein Déjà-vu. Ich erinnerte mich an einen roten Faden, der von dieser Nadel aufgegriffen und mit einem anderem verwoben wurde. Ich konnte den Ursprung dieser Erinnerung jedoch nicht fassen.

Fleckenfresse schien meinen Schlag bereits wieder vergessen zu haben. Er goss einen Redeschwall über mich, doch seine Worte erreichten mich nicht. Sanft schob ich das Kleid von ihrer linken Schulter, legte das Loch in ihrer Brust frei. Ohne nachzudenken setzte ich die rußschwarze Nadel an und drückte sie der toten Schönheit bis zum Anschlag ins Fleisch. Ohne Widerstand glitt sie tief hinein wie durch einen Kanal.

Mit einem Japsen bäumte sich die Tote auf und kam zu sich. Fleckenfresse gab ein Geräusch von sich, das wie eine Mischung aus Quieken und Grunzen klang.

Die Regenbogenhäute ihrer Augen waren kleine, hellgraue Nebelwölkchen. Sie waberten, als sie mich ansah.

Du hast es getan, sagte sie. Ihre Stimme war die Verheißung des Frühlings. Des echten Frühlings, der mit glitzerndem Blütenstaub die Sinne vernebelt.

Immer noch über sie gebeugt nickte ich. Ihr Arm hob sich und kalte Finger legten sich zärtlich in meinen Nacken. Sie zog mich zu sich hinunter und küsste mich, wie ich noch nie zuvor geküsst worden war. Es war der eine Kuss, auf den man immer wartet und an dem man jeden späteren Kuss messen wird.

Als ihre Lippen mich entließen, flüsterte sie: Danke, Liebster.

Benommen stand ich auf und half ihr auf die Beine. Sie war anderthalb Köpfe kleiner als ich, mit schmalen Schultern und einem fast kindlichen Körper, doch gleichzeitig verdrängte ihre Präsenz alles andere. Es gab nur noch sie. Sie war die Welt. Ich wollte mich in ihr verkriechen und unter der Sonne ihres Herzens ewig glücklich schlummern.

Ich habe Hunger, sagte sie.

Ich habe etwas zu essen dabei.

Ja, Liebster. Das sehe ich.

Junge, wie haste das denn angestellt?

Erst der Klang seiner schnarrenden Stimme rief mir Fleckenfresse wieder in Erinnerung. Er stand an der offenen Tür und gaffte meine Schöne mit dem Sonnenhaar lüstern an.

Krieg ich auch 'nen Kuss?

Nein, sagte sie. Im nächsten Moment sprang sie ihn an und stürzte mit ihm nach draußen. Ich schlich schlafwandelnd hinterher. Sie hockte auf seiner Brust. Gerade, als ich aus dem Dampflaster kletterte, schleuderte sie seine Kehle in den Hof. Sein Schrei verwandelte sich in ein Gurgeln, das wie ein verstopfter Abfluss klang. Ihre Fingernägel rissen ihm die Hautlappen vom Gesicht, bevor sie sich herunterbeugte, um seine Augen auszuschlürfen.

Etwas in mir dachte darüber nach, dass dies etwas bedeuten müsste. Immerhin verspeiste die Kleine gerade meinen Freund. Aber ich war seltsam unbeteiligt. Abgestumpft, als hätte ich das schon zu oft erlebt.

Ich dachte an den Film, den ich zwei Wochen zuvor in der flimmernden Dunkelheit des Lichttheaters gesehen hatte. Die Hauptfigur war eine Kriegsreporterin, die die Soldaten im Krakenkrieg an vorderster Front begleitete. Der Höhepunkt des Film erzählte den Tentakelangriff auf den Glashafen von Sataruch. In einer einzigen, minutenlangen Einstellung sah man nur das Gesicht der Reporterin und ihre Kamera. Sie schritt durch den Hafen, der zusammen mit allen Menschen in ihm ausgelöscht wurde. Man hörte das Zerbersten der Kristalltürme, das ätzende Zischen der Säurebomben, die Schreie der Sterbenden – doch man sah es nicht, einzig als Ahnung in der gespiegelten Reflexion des Kristallauges ihrer Kamera. Und ebenso kalt und teilnahmslos wie der Kristall war das Gesicht der Reporterin, die regungslos alles, was man selbst nur ahnte, in sich aufnahm. Nur einmal zuckte sie zusammen, hielt kurz inne und ging dann weiter. Am Ende der Einstellung blieb sie stehen. Der Blick des Zuschauers löste sich von ihrem Gesicht, glitt nach unten und zeigte den Splitter einer Korallengranate, der in ihrem Bauch steckte. Man ahnte, dass er sie in dem Moment getroffen haben musste, als sie zusammengezuckt war. Dann brach die Heldin zusammen, starb und der Film war zu Ende.

Bis dahin war der Film ziemlich beschissen gewesen, aber das hatte mich beeindruckt.

Meine lebendigtote Schönheit ließ plötzlich von Fleckenfresse ab. Angewidert spie sie etwas aus, das mal sein rechtes Auge gewesen sein mochte.

Das Essen ist verdorben, sagte sie und schmollte.

Ich zuckte mit den Schultern.

Er hat ziemlich viele Drogen genommen. Eigentlich hat er sämtliche Drogen genommen. Ich hätte es dir vielleicht vorher sagen sollen, tut mir leid.

Sie wischte sich mit dem Handrücken über den blutigen Mund. Ich dachte an verschmierten Lippenstift.

Es ist nicht deine Schuld, Liebster.

Ihre feucht glänzenden Lippen zogen mich an. Ich wollte sie küssen.

Wie heißt du?, fragte ich.

Zyra. Aber das weißt du doch, sagte sie, ohne mich nach meinem Namen zu fragen.

Ich stieg über Fleckenfresses Leiche und warf einen kurzen Blick auf das, was von seinem Gesicht geblieben war. Mit der glänzenden Rosigkeit des freigelegten Fleisches, von dem sich fast unschuldig das Weiß der angenagten Wangenknochen abhob, sah es besser aus als vorher. Erträglicher.

Zyra reichte mir eine Hand, die nicht mehr so kalt war wie zu dem Zeitpunkt, als ich sie in meinem Nacken gespürt hatte. Sie zog mich zu sich. Wir waren uns ganz nahe. Ich schmeckte den Frühlingsduft ihrer gelben Haare. Mit dem Daumen strich ich ihr zärtlich ein Fleischstück aus dem Mundwinkel.

Ich beugte mich gerade zu ihr hinunter, als Mortui aus der Hintertür seines Ladens gewatschelt kam.

Warum dauert das so lange, ihr faulen, unnützen Zeitdiebe?

Die cholerische Ungeduld hatte sein Teiggesicht puterrot gefärbt. Als er jedoch Fleckenfresses Leiche erblickte, wurde es blasser als Zyra. Der fette Eunuch kreischte schrill wie ein hysterisches Mädchen.

Er sieht lecker aus, sagte Zyra.

Ich trat einen Schritt zurück.

Bediene dich. Er schuldet mir ohnehin noch Geld.

Und damit begann die Geschichte.

Ich lebte fortan in einem doppelten Frühling. In dem Frühling, der keiner war und der sich vor den schmierigen Plastikfenstern meiner Wohnzelle unmotiviert durch die Tage schleppte. Und in Zyras Frühling, der wahrer und lebendiger war, als es je eine Jahreszeit hätte sein können.

Ich wohnte im dritten Stock und damit über meinen Verhältnissen. Aber ich mochte die Aussicht. Durch die Fensterschlieren hindurch sah man auf den Platz der abgelegten Hoffnungen, der an irgendeine gescheiterte Revolution erinnern sollte, vor allem aber ein lärmendes Konglomerat aus Garküchen, Bretterbuden wechselnder Händler, Straßenstrich und Verkehrschaos war. Zu keiner Tages- oder Nachtstunde kehrte Ruhe ein.

Seit dem Tag, an dem ich Zyra gefunden hatte, hatte ich die Wohnzelle nur für kurze Einkäufe bei den Straßenhändlern vor der Tür verlassen. Zyra selbst ging gar nicht hinaus. Ich hielt das für keine schlechte Idee. Hätte sie bei gemeinsamen Erledigungen wahllos Passanten angefallen und verspeist, hätte dies unangenehme Fragen aufwerfen können.

Doch sie schien keinen Hunger mehr zu haben. Als hätte Mortuis Fleisch ihn gestillt. Sie hatte meinen alten Chef zur Gänze aufgegessen und am Ende noch das Mark aus seinen Knochen geschlürft. Ich trauerte ihm nicht hinterher.

Als sie fertig gewesen war, hatte ich Mortuis Reste zusammen mit Fleckenfresses Leiche in den Laden geschafft und ihn angezündet. Da ich kaum rauskam, wusste ich nicht, ob jemand der Sache nachging. Aber wahrscheinlich interessierte es niemanden, und nach zwei Tagen dachte ich nicht weiter darüber nach.

Zyra war satt, zufrieden und glücklich. Ihr Sonnenhaar war nicht länger matt, sondern schimmerte wie poliertes Gold. Wenn ihre warmen Finger über meine Haut strichen, dachte ich an vergangene Zeiten außerhalb der Stadt, an eine Jugend in der Natur, an ein anderes Leben. Jeden Abend fickte mich Zyra mit einer solchen verzweifelten, lüsternen Heftigkeit, dass ich danach in einen erschöpften, glückseligen Schlummer fiel.

Ich hatte mich in meinem Leben nach so viel gesehnt, war so vielen irrlichternden Verheißungen mit schmerzenden Beinen und brennenden Lungen hinterhergerannt, doch dabei hatte ich nie mehr gebraucht als dies. Es hätte ewig weitergehen können.

Ich stand früh auf. Zyra schlief noch. Ich zog mich leise an, um sie nicht zu wecken. Es war immer einfacher, wenn ich mich heimlich aus der Wohnung schlich. Zyra mochte es nicht, wenn sie nicht an meiner Seite war, auch, wenn es nur für eine kurze Zeit war.

Geräuschlos schloss ich hinter mir die Wohnungstür. Der Flur war mit einem Flickenteppich aus gegerbten Tierhäuten ausgelegt, die so abgetreten waren, dass man unmöglich sagen konnte, welchen Tieren sie einst gehört hatten. In schmalen Aquarien unter der Decke schwammen gelangweilte Leuchtfische. Hinter einer anderen Tür hörte ich Flüche und Schreie. Das Pärchen, das dort wohnte, stritt sich immer, zu jeder Zeit. Ich konnte mich nicht erinnern, jemals an ihrer

Wohnzelle vorbeigekommen zu sein, ohne durch die Tür wüste Beschimpfungen und Anschuldigungen gehört zu haben. Aber ich fand sie harmlos im Gegensatz zu der schwerhörigen Alten zwei Wohnungen weiter, bei der ununterbrochen in Gotteslautstärke Dokumentationen über Folterkeller, Serienmörder und Kriegsverbrecher liefen.

Gut, dass ich Sie antreffe, sagte eine Stimme hinter mir. Sie gehörte meiner Mietverwalterin, einer kettenrauchenden Geschäftsfrau, der es bei aller Mühe misslang, zwanzig Jahre jünger auszusehen als sie war. Sie trug einen türkisfarbenen Blazer mit einem dazu passenden, viel zu kurzem Rock. Die fleischfarbene Strumpfhose verdeckte nur unzureichend die Krampfadern ihrer dürren Beine. Auf ihre Garderobe abgestimmt rauchte sie eine türkise Zigarette.

Ich zahle meine Miete nächste Woche, log ich, bevor sie mehr sagen konnte.

Das ist löblich, aber ungenügend. Wenn ich richtig informiert bin – und Sie wissen, dass ich in dieser Hinsicht auf vorzügliche Quellen zurückgreifen kann –, wohnen Sie nicht länger alleine. Damit ist für Ihre Wohneinheit die doppelte Miete zu entrichten.

Ist das so?, fragte ich.

So sind die Konditionen. Der Mietpreis ist pro Person zu entrichten. Sie können in Ihrem Vertrag nachsehen. Der entsprechende Passus finden sich in Paragraph 93D.

Ich hätte es gerne getan, allerdings hatte ich meinen Mietvertrag schon vor Monaten dazu benutzt, um mir aus seinem Papier Joints zu drehen.

Sie irren sich. Ich wohne alleine. Und ich zahle nächste Woche, versprochen.

Ihr linkes, elektronisches Auge surrte.

Ich werde es überprüfen. Sollten Sie lügen, werde ich ein Räumungskommando beauftragen, um Sie zu entfernen. Zu Ihren Kosten, versteht sich.

Sie aschte ab, drehte sich um und stolzierte davon. Ihr knöchriger Arsch schwang beim Gehen hin und her wie ein Todespendel.

Es ist, wie es ist, sagte ich mir. Wenn ich ausziehen musste, würde ich mir etwas anderes suchen. Mein Leben war gut, solange ich mit Zyra zusammenblieb.

Ich verschwendete keinen weiteren Gedanken an mein zukünftiges Mietschicksal und fuhr mit dem scheppernden Eisenkorb, der sich Fahrstuhl schimpfte, nach unten. Draußen empfing mich der Lärm der Stadt.

Es gab einen Grund, warum ich das nimmermüde Getöse auf dem Platz der abgelegten Hoffnungen schätzte. Tagsüber erinnerte er mich an die Nacht. Während andernorts die Stadt mit dem Erlöschen der Neonlichter in graue Monotonie verfiel, konnte man hier weiterhin den nächtlichen Verheißungen nachschmecken. Fliegende Händler verkauften missgeformtes Spielzeug aus den Alpträumen eines manischen Generals, Strahlenschutzschirme aus Blei für Paranoiker oder Schellackscheiben mit illegalen Pressungen der Hymnen unserer nächtlichen Götter. An einem Stand, der aus Autowrackteilen zusammengeschweißt war, kaufte ich bei einem nuschelnden Gnom mit Abszessen so groß wie Unterteller einen mit Bernsteinlack überzogenen Schmetterling – ein Geschenk für Zyra.

Eigentlich wollte ich zu Kauzingers Container, der aus einem täglich wechselnden

Angebot abgelaufene Lebensmittel aus den großen Markthallen verkaufte. Doch zu meiner Überraschung hatte Kauzinger geschlossen. Mehr noch: Der rostige Container war weiträumig abgesperrt. Ich quetschte mich durch die Menge der üblichen Gaffer. Städtische Reinigungskräfte spritzten den Platz vor dem Container mit Hochdruckreinigern ab. Durch den Spalt der angelehnten Tür erahnte ich das Blitzlicht der Schreibknechte im Dienste der öffentlichen Sensationslust.

Was ist passiert?, fragte ich die Allgemeinheit.

Spontane Selbstentleibung, gab eine Entsorgerin für Seelenmüll die Standardantwort ihrer Behörde. Sie klopfte die Taschen ihres weißen Ledermantels nach Feuer für ihre Zigarette ab.

Ein wildes Tier ist in den Container eingedrungen, sagte jemand anderes. Als Kauzinger es vertreiben wollte, hat es ihn zerfleischt.

Wilde Tiere gibt es nur im Märchen, warf ein grobschlächtiger Kerl mit lebenden Tätowierungen ein.

Dann war es eben eine entlaufene Schrotthyäne, die Zuflucht vor den herumfliegenden Rostpartikeln suchte.

Ich wette, es war Mord, sagte ein hagerer Typ mit vorspringender Nase, auf deren Rücken sich eine Gezeitenspinne sonnte. Zwanzig Silberfische – geht jemand mit?

Wette gilt!

Ich hörte nicht weiter zu und glitt rückwärts durch die Menge zurück. Ich hatte meine eigene Theorie zu dem Vorfall. Der Platz der abgelegten Hoffnungen war Zyras nächtliches Jagdrevier geworden.

Ich fragte mich, ob Kauzinger ihre erste Mahlzeit gewesen ist. Es verschwanden so viele Menschen in diesem unersättlichen Stadtmoloch, dass sich niemand die Mühe machte, die Übersicht zu behalten. Das Verschwinden war allgegenwärtig, wer Mitleid aufbrachte, verschwendete nur seine Zeit. Allem – besonders dem Leben an sich – haftete etwas Flüchtiges an, das hatte ich schnell gelernt, als ich vor einer fiebrigen Ewigkeit in die Stadt gezogen war. Selbst enge Bekanntschaften konnten abrupt enden. Manche tauchten für Tage, Wochen oder Jahre unter und kehrten plötzlich zurück, als wären sie nie fort gewesen. Manche starben, andere gingen fort. Wieder andere verschlang die Stadt selbst. Es war nie anders. Das einzig Beständige war der sorglose Frieden des Exzesses.

Jemand rief meinen Namen. Ich drehte mich um und sah das kleine, runde, leckere Mädchen auf mich zukommen. Schüchtern, wie es ihre Art war, wenn sie gerade keinen Blütenstaub gezogen hatte, drückte sie mir einen psychedelisch bunten Flyer in die Hand. Er lud zu einer Party ein, die am Abend im Salon der Eitelkeiten stattfand. Ich sagte ihr, ich würde es mir überlegen, und ging weiter.

Vor der Tür meiner Wohnzelle legte ich mir die Worte zurecht, mit denen ich Zyra davon überzeugen wollte, sich ihr Essen anders zu beschaffen. Offensichtlich musste sie frisches Menschenfleisch essen – wenn dem so war, konnte man nichts dagegen machen. Aber vielleicht konnten wir gemeinsam eine Möglichkeit finden, ihre Beschaffungsmethoden zu kultivieren. Doch noch fiel mir nicht ein, wie.

Ich trat ein und fand Zyra über die Leiche meiner Mietverwalterin gebeugt. Der Kopf war verdreht und das elektronische Auge hing an Kupferdrähten aus der Schädelhöhle.

Oh, sagte Zyra. Tut mir leid, Liebster.

Ihr war anzusehen, wie unangenehm ihr die Situation war. Ich schloss hinter mir die Tür.

Hat dir Kauzinger nicht gereicht?

Wer?

Großer Typ mit rotem Schnauzbart und Würgemalen am Hals. Er hatte einen Marktcontainer unten auf dem Platz, in dem er abgelaufenes Essen verkauft hat.

Zyra sah mich erschrocken mit ihren Nebelaugen an. Sie fing an zu zittern.

Habe ich etwas falsch gemacht, Liebster? Bist du mir jetzt böse?

Als ich sah, wie ihr zarter Körper unter der Last ihres Gewissens zusammenzubrechen drohte, konnte ich nicht anders, als sie tröstend in die Arme zu nehmen.

Ihre Haare dufteten nach Nelken.

Nein, schon gut. Es gibt andere Händler.

Ich ließ sie los und strich ihr mit den Daumen über die rosigen Wangen. Sie lächelte und wurde dadurch noch bezaubernder.

Aber das hier könnte ein Problem werden.

Mit der Stiefelspitze trat ich gegen die Leiche der Mietverwalterin.

Ich wollte sie nicht essen. Sie ist gar nicht mein Geschmack. Aber sie kam plötzlich herein, schimpfte mit mir und sagte, sie würde die Wohnung räumen lassen. Sie sagte auch garstige Dinge über dich, Liebster. Ein hässliches Weib! Da habe ich ihr das Genick gebrochen.

Vermutlich hätte ich das selbst schon viel früher machen sollen. Aber ihr Tod wird Fragen nach sich ziehen. Ich fürchte, dass wir umziehen müssen.

Ist das schlimm?

Ich mochte meine Wohnzelle wirklich, aber ich sagte ihr, dass ich ohnehin schon zu lange dort gewohnt habe. Zu zweit würden wir sicherlich etwas Schöneres finden. Doch zuerst mussten wir die Leiche entsorgen. Ich dachte an den Müllschacht am Ende des Flurs. Als ich mich bückte, um sie hochzuheben, fiel mir der bunte Flyer aus der Jackentasche. Zyra hob ihn auf.

Oh, ein Party! Wollen wir dort hingehen, Liebster? Ich möchte so gerne tanzen! Es kommt mir wie eine Ewigkeit vor, dass ich tanzen war.

Ich hielt es für keine gute Idee, aber als mich ihr sehnsüchtiger Blick traf, konnte ich ihr diesen Wunsch unmöglich ausschlagen.

Wir standen vor der Kellertreppe, die hinab zum Salon der Eitelkeiten führte. Zyra trug ein blaues Kleid aus Traumseide, das ihre Schultern unbedeckt ließ. Sie hatte sich den Bernsteinschmetterling umgehängt, den ich ihr geschenkt hatte. Sie wirkte aufgeregt und glücklich. Ich hätte wie ein Schuljunge dastehen und sie bloß anschauen können. Aber es gab etwas, das mich seit dem Morgen beschäftigte. Endlich fand ich den Mut, es auszusprechen.

Du musst mir etwas versprechen, Zyra. Du wirst da drinnen keinen meiner Freunde essen.

Sie wickelte eine Haarsträhne um ihren Zeigefinger und entließ sie wieder.

Wer sind denn deine Freunde?

Das war keine einfache Frage, deswegen versuchte ich ihr mehr oder minder geschickt auszuweichen.

Iss einfach niemanden da drinnen, versprochen?

Versprochen, Liebster.

Sie nahm meine Hand und eilte mit mir die Treppe hinunter. Sooft ich die Stufen schon gezählt hatte, jedes Mal kam ich zu einem anderen Ergebnis. An jenem Abend zählte ich siebenunddreißig Stufen. Das Mal davor waren es sechzehn gewesen.

Der Salon der Eitelkeiten erstreckte sich weiterläufig unter den Straßen. Die Legende wollte es, dass sich dort einst die Katakomben eines Klosters voll wahnsinniger Mönche befunden hatte. Durch einen mit illuminierenden Pilzen und Moosen bewachsenen Irrgarten kamen wir in den eigentlichen Salon. Die dunklen Wände waren mit einem weißen Spinnennetz bemalt, dessen nähere Betrachtung Kopfschmerzen und Verzweiflung auslöste. In die Zwischenräume der Linien hatte

man Spiegelscherben geklebt. Unter der Decke befestigte Arme ausgedienter Schaufens-
terpuppen hielten elektrische Kerzen und in
der Mitte hing eine riesige Walrossblase, in
der sich zwei Schmetterlingsmenschen paar-
ten.

Sie waren alle da. Die drei Mütter der Ek-
stase ebenso wie der kindliche Buddha und
das kleine, runde, leckere Mädchen, das mit
vom Blütenstaub geröteten Augen auf der
Lehne eines Sofas saß und in bunten Farben
die Sehnsüchte der sie umgebenden Tänzer
malte. Der Eulenkopf redete mit dem Herrn
mit der Truthahnmaske, und ein trauriger
Narr versuchte mit einem löchrigen Schmet-
terlingsnetz entflogene Glühwürmchen zu
fangen. An einer Wand gelehnt stand der
schwitzende Teddy und atmete mit offenem
Mund. Seit er sich freiwillig einer Lobotomie
unterzogen hatte, war er nicht mehr dersel-
be, aber es war dennoch schön, ihn außerhalb
des Sanatoriums zu sehen.

Der große Klassiker tanzte mit einem
Pilzmädchen in der Blüte seiner Verzweiflung. Und auf einem aus Munitionskisten ge-
zimmerten Podest saß der Versehrte des Ex-

zesses neben dem Poeten, dessen Namen ich immer vergesse, und erzählte ihm von den Eskapaden seines letzten Rausches im Lichterhaus.

Man begrüßte mich, als hätte man mich eine Ewigkeit nicht gesehen – was tatsächlich der Fall sein konnte. Einige fragten, wer meine neue Gespielin sei, und ich stellte ihnen Zyra vor. Sie war ungemein artig und bezaubernd. Zu keiner Sekunde hegte ich auch nur den Hauch eines Verdachts, sie könnte einen meiner Eskalationsgefährten auf ihre Speisekarte setzen wollen.

Zyra zog es auf die Tanzfläche, mich an die Bar. Der Kuss, den sie mir gab, als wir uns voneinander lösten, war eine Verheißung wollüstiger Hitze. Ich strich mir danach über den Mund und erwartete fast Rußspuren auf meinen Handrücken.

Ich bestellte mir mit Anisöl gestrecktes Smaragdgift und frisch aufgehackten Blütenstaub, der mir auf einer Marmorplatte gereicht wurde. Ich inhalierte das feine Pulver mit einem Zug. Von dem Zeug musste ich so husten, dass ich kurz davor war, zu kotzen.

Ich fand gerade noch die Selbstbeherrschung, es nicht zu tun.

Du bist ein Idiot, sagte eine Stimme neben mir. Das weiß zwar jedes Kind, aber dieses Mal übertriffst du dich selbst.

Da stand das Mädchen mit den brennenden Haaren. Wie Zyra haftete ihm etwas Kindliches an, doch gleichzeitig wirkte es unendlich älter als jede Person, die ich kannte. Es waren nicht nur die Augen. Es war, als sähe man es in der flirrenden Hitze seiner lodernden Haare zweimal: ein altkluges Kind und eine reife Frau von kindlicher Grausamkeit. Die Kindsfrau trug eine weiße Hose und einen schwarzen Frack, der ihr zwei Nummern zu groß war. Am Revers haftete eine Rubinrose, deren Blätter wie erstarrte Flammen aussahen.

Das lodernde Mädchen konnte tanzen wie kein anderes, aber jedes Kind wusste, dass man besser die Finger von ihr ließ, wollte man sich nicht verbrennen. Ich kannte mal jemanden, der es dennoch versucht hatte. Er trug immer noch die Brandmale an seinen Händen.

Ich bin verliebt, sagte ich. Wenn mich das für dich zu einem Idioten macht, dann ist es dein Problem.

Mit einem Mal wusste ich nicht mehr, ob ich schon jemals ein Wort mit ihr gewechselt hatte. Ich kippte das Smaragdgift hinunter und bestellte mir ein weiteres Glas.

Ein Idiot ist für mich jemand, der denselben Fehler zweimal begeht.

Ein Typ mit grünen Haaren und rotem Vollbart jagte Klänge über die Tanzfläche, die wie die Schreie totgebärender Mütter klangen.

Dann ist das eine Party der Vollidioten. Schau sie dir an, diese stampfende Herde, wie sie im gleichmäßigen Takt ihre Unzulänglichkeiten und ihre Selbstzerstörung zelebriert. Sie sind kleine tanzende Kosmen, die um sich selbst kreisen. Ihre Herzen sind schwarze Löcher, in die sie betäubt hineinstürzen – aber sie lachen und tanzen und sind glücklich. Kein einziger ist besser als der andere, aber auch nicht schlechter. Weder ich, noch du.

Ich beugte mich so weit zu ihr hinüber, wie ich mich traute. Die Hitze ihrer Haare verkokelte meine Augenbrauen.

Aber es gibt welche unter ihnen, die können sich freuen, wenn einer es schafft, das schwarze Loch seines Herzens zu schließen.

Sie schüttelte den Kopf und setzte dabei ein Stück Gardine in Brand, das als Dekoration von der Theke hing.

Es ist schlimmer als ich dachte.

Sie wandte sich ab.

Du gehst schon?, rief ich ihr hinterher.

Ich überlasse das, was kommt, dir. Schließlich trägt du alleine dafür die Verantwortung. Und dieses Mal werde ich nicht hinter dir aufräumen. Adios.

Dann sagte sie einen fremdvertrauten Namen, den ich noch nie gehört hatte. Es war nicht mein Name. Aber es fühlte sich an, als sollte es mein Name sein.

Während ich noch darüber nachdachte, war das Mädchen mit den brennenden Haaren verschwunden. Ich sah es nicht wieder.

Die Musik änderte sich. Der Grünschopf zog sich von den Reglern zurück. Die weiße Vinylgöttin trat an seine Stelle und verwandelte die Tanzfläche in einen nebligen Garten der Bässe.

In diesem Moment entfaltete der Blütenstaub seine Wirkung. Das Zeug war besser als ich gedacht hatte. Innerhalb eines Augenblicks wurde ich in eine Klarheit katapultiert, die jenseits der wachen Nüchternheit lag. Das Gegenteil des Rausches ist nicht seine Abwesenheit – darin irren die meisten.

Die Farben zerfielen in ihre Fragmente und blieben ein Ganzes, für das es neue Wörter brauchte. Doch unsere kümmerliche Sprache war dafür nicht ausreichend. Die Leerstellen zwischen den Einzelheiten füllten sich mit Wahrnehmungen, die ein Universum wortloser Sinnlichkeit offenbarten.

Ich sah Zyra in den Liebkosungen des Dunstes tanzen. Sie lächelte mir zu. Ich sah das zarte Geschöpf mit den schmalen Schultern, dem Sonnenhaar und den Nebelaugen. Und ich sah noch mehr. Eine modrige Kreatur, deren kahler Schädel ein dunkler Fliegenschwarm umtanzte, mit toten Augen und verwesten Lippen. Eine haarige Riesenspinne mit Beinen aus Obsidian, die zuckende Schatten warf. Ein verängstigtes Kind, das sich im Rhythmus der Musik mit einem Tranchiermesser das Fleisch von den Unterarmen schnitt. Und noch mehr. Ich liebte sie in jeder Erscheinung. Und in jeder Erscheinung sah ich die Nadel aus Ruß in ihrem Herzen. Stoßweise spie sie dunkle Schwaden in die Welt.

Ich sah, was passierte, bevor es geschah.

Mit dem bezauberndsten aller Lächeln wandte sie sich von mir ab und zerfetzte mit den Fingernägeln dem schwitzenden Teddy die Kehle, bevor sie dem Eulenkopf den Schnabel abriss und ihm diesen durch das Auge ins Gehirn trieb. Sie tänzelte zu dem kindlichen Buddha, schlitzte ihm den Wanst auf und erdrosselte mit seinen Gedärmen ein nahes Blumenmädchen, deren glitzernde Augen verträumt nach fremden Sternen suchten.

Panik griff um sich, doch Zyra ließ sich davon nicht beirren. Sie sprang dem Versehrten auf die Brust, brach seinen Rippenkäfig auf und entnahm ihm seinen verbliebenen Lungenflügel. Als er protestierte, erstickte sie ihn damit. Der Poet, dessen Name mir auch in diesem Moment nicht einfallen wollte, konnte fliehen, nicht jedoch das kleine, runde, leckere Mädchen, dem sie beiläufig das Rückgrat bracht.

Zyra hielt ihr Versprechen. Sie aß niemanden dort drinnen. Sie tötete bloß alle, um sie später woanders zu verspeisen. Und ich stand inmitten dieses zügellosen Gemetzels, sah ihr zu und trank auf jeden Freund, den sie umbrachte.

Sie riss dem Herrn mit der Truthahnmaske das falsche Gesicht herunter und entblößte ihn als Roboter. Mit einer gewissen Enttäuschung ließ sie ihn entkommen. Andere hatten dieses Glück nicht. Der große Klassiker starb, als er vergeblich versuchte, das Pilzmädchen zu retten. Die beiden hatten noch nicht ganz ihr Leben ausgehaucht, da sprang Zyra auf die Klangempore und köpfte die Vinylgöttin, deren weißes Kleid von der Blutfontäne ihres Halses besudelt wurde. Zyra zerbrach die Schallplatten und schleuderte die Splitter in die Kehlen des Barpersonals.

Ich kippte den letzten Schluck meines Drinks hinunter.

Nichts von alledem war geschehen. Aber es wäre geschehen, hätte ich nicht eine Entscheidung getroffen.

Bei einem mir gut bekannten Rauschpilger erwarb ich eine Ampulle Herrlichkeit der

Auslieferung. Danach kaufte ich zwei Drinks und tröpfelte etwas von der farb- wie geruchlosen Flüssigkeit in Zyras Glas.

Sie redete gerade mit einem mäßig erfolgreichen Bühnenlügner, der ihr mit unverhohlener Lüsternheit erzählte, wie sehr sie ihn an seine Tochter erinnern würde. Ich schob ihn bestimmt zur Seite und gab Zyra ihr Getränk.

Lass uns trinken, Zyra. Auf eine Zukunft, die uns nie auseinander bringen wird.

Auf eine Vergangenheit, die uns nie auseinander bringen konnte, erwiderte sie lächelnd und leerte das Glas in einem Zug.

Ich war wohl mit der Dosierung unvorsichtig gewesen. Sie brach augenblicklich zusammen.

Ich hätte mich gerne von allen richtig verabschiedet. Schließlich wusste ich da schon, dass ich sie nicht wiedersehen würde. Aber ich hatte Angst gehabt, dass Zyra aufwachte. Vielleicht hatte es an dem Blütenstaub gelegen, aber mir war klar, dass ich einen solchen Willen gegen sie kein weiteres Mal würde aufbringen können. Mit einer Entschlossenheit, die einmalig in meinem Leben bleiben sollte, setzte ich um, was ich in dem einen Augenblick entschieden hatte.

Ich verließ mit der bewusstlosen Zyra den Salon der Eitelkeiten. Ich ließ die jahrelangen Gefährten, die vertrauten Nachtgestalten und fiebrigen Selbstlügner zurück – und mit ihnen mein Leben. Ich trug Zyras Körper, der fast nichts wog, durch die Straßen und dann in die unterirdischen Wohnkomplexe, tiefer und tiefer hinab in die Keller, in denen es nach Verzweiflung und Tod roch. Ich wanderte durch das alptraumhafte Wurzelwerk einer kranken Stadt.

Im dreizehnten Kellergeschoss, dort wo jene Tiefengestalten hausten, für die das Oben nur eine Legende war, um unartige Kinder zu erschrecken, bezog ich eine leere Wohnzelle. Für drei Traumkristalle, die ich noch in der Tasche hatte, erkaufte ich mir die Dienste eines blinden Schmiedes, der eher wie ein nackter Riesenmaulwurf als ein Mensch aussah. Er stellte keine Fragen, als er die Kette fertigte, die Zyra für ewig an die Wand binden würde.

So kamen wir in die Tiefe. Und so leben wir noch heute, in der schimmligen, dröhnenden Dunkelheit weit unter der Stadt. Wir leben hier für uns, ungestört, und niemand muss sterben.

Ich finde genug, um mich am Leben zu halten. Und Zyra – sie hat nie gelebt, jedenfalls nicht, seitdem ich sie kenne. Sie muss nichts essen, sie kann nur ihren Hunger nicht beherrschen. Ich weiß, dass sie verfällt, wenn sie kein frisches Fleisch isst. Aber ich liebe sie in jeder Gestalt.

Und sie liebt mich. Deswegen wird sie mir nichts tun. Nur wenn ihr Leiden zu groß wird, dann gebe ich ihr etwas Fleisch. Sie fragt nicht, woher es kommt, und ich sage es ihr nicht.

Es ist mein Fleisch, das ich mir in kleinen Stücken aus dem Körper schneide. Es kümmert mich nicht. Für Zyra gebe ich es gerne her. Und es ist noch genug da.

Ich weiß, dass das alles nicht hätte sein müssen. Ich hätte eine andere Entscheidung treffen können. Nicht das Fleisch, nicht einmal meine Liebe hält Zyra am Leben. Es ist die Nadel aus Ruß, die in ihrem Herzen steckt.

Ich habe sie in ihr totes Fleisch versenkt und ihr das Leben wiedergegeben, das sie achtlos weggeworfen hatte. Und ebenso hätte ich die Nadel wieder entnehmen und ihr den Tod zurückgeben können, den sie einst so sehnsüchtig gesucht hat.

Aber es hätte ein Leben ohne sie bedeutet. Und das hätte ich nicht noch einmal ertragen.

Für eine Gipfelprinzessin

Eine Geschichte aus der Fieberwelt

Es sind letztlich auch nur Berge, sagt dein eigenwilliger Begleiter, dessen Namen du dir einfach nicht merken kannst. Das Prinzip sollte dir doch geläufig sein, schließlich bist du keine Talknospe.

Damit hat er recht. Schon vor deinem ersten Erknospen hat dich der Mineralboden der heimatlichen Hänge genährt. Dennoch bleibt dir die Eigenart des Wandernden Gebirges ein Rätsel. Einmal mehr fragst du dich, warum du dich auf diese Reise begeben hast. Einmal mehr sehnst du dich nach der Heimat.

Es ist nicht deine erste Reise, und es soll auch nicht deine letzte werden. Doch um die nächste Reise anzutreten, müsstest du erst heimkehren. Und dafür müsstest du überhaupt irgendwo ankommen. Danach sieht es gerade nicht aus.

Dein Begleiter zuckt mit den Schultern und widmet sich wieder dem Gebirgsbock, den er seit Wochen mit mäßigem Erfolg zu dressieren versucht.

Was für eine eigentümliche Gestalt er doch ist – dein Begleiter, nicht der Gebirgsbock. Der Bock ist ein Bock. Dein Begleiter ist anders. Statt Haare wächst ihm Almgras auf dem runden Schieferschädel. Er ist eine alte Seele, soviel weißt du. Doch alles andere bleibt dir rätselhaft. Wie die Landschaft um dich herum. Aber du bist froh, dass er dich begleitet, wenn es auch Zufall war, dass ihr denselben Weg eingeschlagen habt.

Nur wohin, das bleibt die Frage.

Du öffnest die getrockneten Flügel des Schmetterlingsbriefes.

Das Tal soll es nicht sein, also versuche dein Glück in den Wandernden Bergen, liest du.

Erinnerungen werden wach. Der Geschmack der Liebe in deinem Mund, so voll wie die Blütenträume des Dschungels. Du fühlst wieder haarige Beine über dein Gesicht tanzen. Schwungfedern streicheln deinen Nacken.

Als du aufschaust, hat sich die Landschaft abermals verändert. Der nächste Gipfel ist in die Ferne gerückt.

Du machst es mir nicht einfach, sagt dein Begleiter, und du weißt nicht, ob er dich oder den Bock meint.

Ich will nach Hause, sagst du.

Jetzt machst du es dir zu einfach, murmelt der Schieferschädel. Das bringt dich nicht weiter.

Wo sind wir?

Hier. Dort. Woher soll ich das wissen? Ich bin nicht dein Reiseführer. Du bist das Kind der Berge, du bist diese Reise angetreten. Beantworte dir deine Frage selbst. Siehst du nicht, dass ich beschäftigt bin?

Wütend packst du ein neben dir erblühendes Gefühl und erschlägst damit deinen Begleiter. Anschließend schenkst du dem Bock die Freiheit und setzt deinen Weg alleine fort.

Du wanderst unter einem Himmel, der die Farbe alten Insektenpulvers hat. Kein Wunder, dass hier nur mechanische Käfer leben!

Du kommst in ein schattiges Tal mit einem Tränenfall. Feiner, salziger Sprühregen geht nieder. Um nicht nass zu werden, spannst du deinen Schirm aus alten Hoffnungen auf.

Ich würde gerne etwas lesen, denkst du.

Aber das machst du doch bereits, sagt eine raue Stimme hinter dir, die nach jahrzehntelanger Nikotinsucht klingt. Als du dich umdrehst, steht dort der Ziegenbock. Er muss dir den ganzen Weg gefolgt sein, ohne dass du es bemerkt hast.

Ich weiß nicht mehr weiter, wendest du dich an ihn.

Das Problem ist, dass du mit Pfeilen auf die Sonne schießt, antwortet der Bock. Dabei solltest du lieber mit dem Mond tanzen.

Und dann stürmt er auf dich zu und stößt dich mit den Hörnern ins Wasser. Da hilft dir auch nicht mehr dein Schirm.

Du tauchst hinab in den Tränensee bis zu seinem Grund. Dort unten findest du eine Wurzel, gelb wie das Innere des Ingwers, den du zum Frühstück gegessen hast. Zögerlich streckst du deine Hand nach ihr aus, als sie plötzlich nach dir packt und dich festhält. Du versuchst wieder freizukommen, doch je mehr du dich anstrengst, umso fester wird ihr Griff. Das Tränenwasser brennt auf deiner Haut, dringt in deine Körperöffnungen, zersetzt dich von innen.

Wie traurig, denkst du. Vermutlich gibt es kein traurigeres Ende als in Tränen zu ertrinken.

Ein Glasfisch schwimmt vorbei. Er zwinkert dir zu, und irgendetwas an ihm erinnert dich an eine erstickte Sehnsucht. Bevor du es benennen kannst, wirft er sich gegen die Wurzel und zersplittert in Myriaden Scherben, die deine Fesseln zerschneiden. Du bist frei und schwimmst nach oben.

Der Bock hat sich verändert. Er ist nun vielmehr ein Bocksmensch. Auf einem Stein hockend raucht er einen Joint und macht dir anzügliche Angebote. Du lehnst dankend ab. Er scheint es dir nicht übel zu nehmen.

Und nun?, fragt er heiter, aber du kannst nur mit den Schultern zucken. Wenn du einen Rat willst: Versuche nicht, zum Anfang zurückzukehren, sonst kommst du hier nie hinaus. Den Anfang trägst du sowieso immer bei dir. Außerdem landest du dort ohnehin, spätestens, wenn du weitergezogen bist.

Macht das Sinn?, fragst du.

Für die Berge schon, antwortet der Mannbock und hüpft davon, um eine andere Wanderin zu belästigen.

Und hier beginnt deine Reise.

Sam Greb und die Fieberwelt

Die Fieberwelt ist ein Ort des Exzesses, bevölkert von irrlichternden Gestalten, die lachend am Abgrund ihrer Verzweiflung tanzen. Bärtige Mädchen suchen in verwunschenen Wäldern nach ihrem Lachen. Drahtvögel beobachten mit rostigen Augen ein tödliches Maskenfest im Verborgenen Garten. Vom Fieber erschöpfte Dichter tragen unter staubigen Schellackscherben schaurige Fabeln vor. Und eine alterslose Frau mit brennenden Haaren scheint alles besser zu wissen.

Seit 2013 schreibt Sam Greb, der Gemahl der Unvernunft und Chronist des Exzesses, über die Fieberwelt. Seine Geschichten sind Liebeserklärungen an das Desolate und an die Hoffnung. Doch Sam Greb spricht nicht. Es ist sein treuer Begleiter, der auf den Lesungen den Erzählungen Leben einhaucht und die Zuhörer in die Fieberwelt entführt.

Oft begegnet man Figuren und Orten aus anderen Geschichten wieder, zum Beispiel dem Mädchen mit den brennenden Haaren oder dem Versehrten des Exzesses, der die Stimme anderer Erzählungen ist. Die Fieberwelt ist ein lebendiger Ort und wächst mit jeder neuen Erzählung.

Mittlerweile existieren über zwanzig Geschichten aus der Fieberwelt. Manche sind Anekdoten wie die Erzählung FÜR EINE GIPFELPRINZESSIN. Die romantische Novelle NADELN AUS RUß ist das bisher längste Werk. Beide sind die ersten Texte, die in gedruckter Form erscheinen. Gleichzeitig ist das Buch der Auftakt einer Reihe, in der nach und nach weitere Geschichten aus der Fieberwelt veröffentlicht werden.

Zudem sind in Zusammenarbeit mit Ilias Ntais bisher sechs Hörbücher entstanden: DAS GRÜNE HAUS, ENGEL, ZUM LETZTEN WIDERSTAND, DER TANZ DER FLIEGENDEN WÖLFE, REQUIEM DER SCHILDKRÖTE FÜR IHR HAUS sowie DIE BEMALTEN BEINE (die erste Geschichte aus der Fieberwelt, die einem Publikum vorgetragen wurde).

Die Reise geht weiter.

Hörbücher aus der Fieberwelt

Das grüne Haus
Die Geschichte von dem Wurzelding und
der alten Frau mit den nutzlosen Beinen.

Engel
Das Dilemma einer Seelenmüllentsorgerin,
der ein Engel in der Brust heranwächst.

Zum letzten Widerstand
Über einen Oktopus, der Geistergeschichten
sammelt und unverhofften Besuch bekommt.

Der Tanz der fliegenden Wölfe
Die Nacht im Verborgenen Garten,
in der das Universum kollabierte.

Requiem der Schildkröte für ihr Haus
Eine Erzählung über das Warten und
den Genuss, den es mit sich bringt.

Die bemalten Beine
Die erste Geschichte aus der Fieberwelt,
die jemals erzählt wurde.

**Erhältlich auf fieberwelt.bandcamp.com
und allen gängigen Plattformen.**

Sam Greb

Geschichten aus der Fieberwelt

Tauche ein in einen Ort des Exzesses,
bevölkert von irrlichternden Gestalten, die drohen, sich in ihrem Rausch
zu verlieren. Das Hässliche birgt in
sich eine Schönheit, die dem Unvor-
sichtigen zum Verhängnis werden
kann.

www.fieberwelt.de